천둥소리 따라간 뜨내기의

엄학섭 시집

천둥소리 따라가는 뜨개구름

발행일 초 판 1쇄 2013년 8월 1일
　　　　　개정판 1쇄 2020년 6월 1일

지은이 엄학섭
기획·진행 전효복
디자인 경희프린팅
표지그림 백영미

펴낸곳 도서출판 우인북스
등록번호 제385-2008-00019호
주소 431-053 경기도 안양시 동안구 부림동 동양트레벨파크 1305호
전화 031) 384-9552
팩스 031) 385-9552
이메일 bb2jj@hanmail.net

ⓒ엄학섭

ISBN 979-11-86563-21-2 03810
값 12,000 원

이 도서의 국립중앙도서관 출판예정도서목록(CIP)은 서지정보유통지원시스템 홈페이지(http://seoji.nl.go.kr)와
국가자료종합목록 구축시스템(http://kolis-net.nl.go.kr)에서 이용하실 수 있습니다.
(CIP제어번호 : CIP2020021734)

엄학섭 시집

천둥소리
따라간
뜸부기

우인북스

엄학섭 시인의 첫시집 출간을 축하하며

우당 김 지 향 (시인)

미래지향적인 사람은 오늘의 기반인 어제를 상고하는 원칙을 갖고 있다. 엄학섭 시인은 장시 「옛날 그 옛날」에서 어렸을 때의 일을 추억하는 데서 활기찬 미래를 설계하려는 의도를 엿볼 수 있다.

언어사용 솜씨도 놀라우리 만큼 다양한 토속어와 사투리를 구사하고 있음은 자신감의 표출이 아닐 수 없다. 따라서 외모에서 풍기는 인상 또한 섬세하고 세련된 모습에서 귀골의 시인 모습을 엿볼 수 있다. 따뜻하고 부드러운 인상에 세련된 옷차림이며 겸손한 말솜씨까지 요즘 시대에선 흔하지 않은 예의 바른 젊은이라는 인상을 느끼게 한다 .

뿐더러 이러한 겸손한 교양미가 작품 속에서도 은연중에 나타나지만 그의 치열한 탐구의식이 오히려 돋보일 뿐이다. 이러한 탐구의식이 작품 전편에 고루 내재되어 있는 시인이 흔치 않은 오늘의 실정에선 귀한 시인이 아닐 수 없다.

그러나 오랜 문단 풍토에 길들여져 살다보면 개성이 묻혀버릴 수가 있지만 엄학섭 시인의 경우는 그렇지 않으리라 본다.

엄학섭 시인에겐 어떤 일을 맡겨도 빈틈없이 해낼 만큼 책임감이 강한 성품을 갖고 있다. 큰 일이든 작은 일이든 가리지않고 맡은 일을 한 치의 오차 없이 열심히 수행함으로써 모범을 보이고 있는 일상생활의 태도에서도 그 고집스런 개성을 엿보게 한다. 때문에 필자는 엄 시인의 그 고집을 믿기 때문에 그 귀한 개성인 토속성을 보다 열심히 갈고 닦아 유일무이한 귀한 시인으로 대성하기를 바라며 첫 시집 출간을 진심으로 축하해 마지않는 바이다.

시 읽는 재미를 주는 시인

최 연 숙(시인, 과천 예총 시 창작교실 강사)

　위대한 일은 열정 없이 이루어지지 않는다. 엄학섭 시인의 삶의 열정은 아무나 흉내 낼 수 없는 것들이다. 시 쓰기의 치열함 또한 남달라 퇴고를 그만큼 하는 시인도 드물 것이다. 그의 열정은 신앙생활에서도 여실히 드러나 교회 성가대에서 성실하게 봉사하고 있다.

　엄학섭 시인의 작품은 무엇보다 동화적 상상력에 닿아 있다. 『천둥오리 따라간 때까우』란 시집 제목만 보더라도 동화 한 편의 재미있는 그림이 그려진다. 난해한 실험시들이 난무하여 자칫 독자들의 시에 대한 흥미가 반감되기 쉬운 이때에 시 읽는 재미를 선사하는 시인이다. 토속적인 향토방언은 또 어떤가. 「옛날 그 옛날」을 읽다보면 고향의 서정과 향수를 자극하여 우리 마음을 어린 시절로 되돌려 놓는다. 시인이 낳고 자란 문학의 시원始原

이라 할 수 있는 고향의 사투리를 하나하나 생어生語로 살려 놓는 작업에 심혈을 기울인 흔적이 돋보인다. 이는 백석 시인의 구수한 함경도 사투리의 맛을 떠올리게 하는 웅숭깊은 목소리다.

엄학섭 시인의 동화적 상상력과 향토방언사랑은 나라사랑과도 맞물려 있다. 국경일의 의미를 담은 작품도 지속적으로 창작하고 있다. 웅진출판사 학습지 교사로 오랜 시간 어린이들을 지도해 온 경력이 말해 주듯 맑은 글쓰기 운동에도 앞장서고 있다. 그의 시적 상상력과 깊이가 무한대로 확장되어 세계로 뻗어가는 시인이 되길 기원하며 첫 시집 출간을 진심으로 축하한다.

■ 차 례

해설

꿈속의 선물

어젯밤 꿈에 단풍나무 아래
강아지랑 비를 맞고 섰는데
당신이 우산을 들고 찾아와
나도 모르게 눈물이 나왔어요

천둥오리 따라간 때까우

방죽달 불 켜면
반찬꾸러미 동여매고 납신다
어둠이 바람을 꿀꺽 삼켜부럿어
달무리 보니 비라도 몰아칠 태세군
어젯밤 쌀가지 댕겨갔다 닭장문 꽉 잠거
외양간 살피고 맴생이막 퇴껭이막 닥달한다
할아부지방 어루만진다 차다 군불 팍팍 지펴라
저수지 놀러간 때까우가 천둥오리 따라 북쪽으로 달아났다
때까우가 달아났어요 따오기오빠 얼굴이 홍당무가 되었다
억새머리 가듬질한 처녀가 손거울 보며 문밖에서 서성거린다
아랫골 난초는 신랑이랑 미장원 차렸다고 초청장 날라왔드라
삽살개 짖는 소리와 함께 양은냄비 된장국이 보글보글 끓을 때
흙 묻은 작업복 차림새 아저씨가 곰방대 물고 살금살금 나타났다
흰고무신 끗다가 쭉 미끄러지며 헐레벌떡 일어나 웃음사탕 머금고
낼은 별일이 천개라도 아그덜 데꼬 막골로 고구마 캐러 갑시다

배의 자궁에는 청토끼나무새가 산다

배의 자궁에는 청토끼나무새가 산다 새는 작두금* 밟고 플라토닉 사랑을 꿈꾼다 사랑은 춤추는 목동의 나팔 속에 잠들고 꿈은 바람의 옷감을 경작하는 구원의 방패다 배는 수수께끼다 배가 산으로 올라가면 축색돌기 속으로 번개풀 이 돋아난다 배는 카멜레오다 배는 배가 불러도 배가 고프고 배는 배가 잠겨도 배가 나오며 배는 배가 죽어도 배는 죽지않고 살아난다 배는 대우새*다 배는 해가 소주로 울면 막걸리로 웃고 과거로 울면 미래로 웃는다 배는 무당구리다 배는 달이 장끼발로 걸으면 오리발로 걷고 깐치발로 걸으면 까막발로 걷는다 배는 꿈술쟁이*다 배의 뼈는 단단하나 내장은 부드러우며 궁뎅이가 반대로 갈라졌다 배는 신비주의다 배의 목구멍 속에서 신밧드가 잃어버린 보석을 싣고 난파된 아나콘타의 방구소리를 들었다 배의 자궁에는 바람이 없다 배의 자궁에는 바람을 등지고 사막을 건너간 낙타의 발자국이 남아있다 천왕 성에서 가출한 황금새는 낙타의 방울소리를 듣고 깃털

속으로 사랑을 숨겼다 사랑에 목마른 걸리버가 새의
옆구리를 발로 밟았다 상처로 깃털이 사라진 새는 발가벗고
하늘로 올라갔다

*작두금 : 작두 위에 있는 금줄
*대우새 : 삼단논법에서 나오는 대우를 인용한 새 이름
*꿈술쟁이 : 꿈으로 마술을 부리는 사람

장옥자 가출하던 날

장옥자 가출하던 날
앵두 따다 들켜 맴매 한 대 맞고
강아지 데리고 쑥 캐러 갔는데

화순댁 콩밭에 달롱개 찾다가
춘부장 만나 큰이모 연락 받고
풋밤 한 개 주워 집으로 오니

진외가 이모부 백사탕 가져와
일곱 개 받아서 막둥이 세 개 주고
오빠랑 두 개씩 나누어 먹었다

농장에 갔는데

전곡 농장에 갔는데
옥수수랑 참깨가 있더라

울 엄마 김맨 거 생각나
엄마하고 쪼끔 울었어

꽃도 피었더라
오이랑 호박꽃이 피었는데
매미가 잼있게 울더라

쳐다보다가 들켜
반쯤 울고 갔는데
노래 잘한 그 매미 어디로 갔을까

추석날 만난 깨복 친구들

일하다
삽자루 내려놓고
아니 누구더라
저기 저 아랫골 돌쇠아냐
손잡고 악수하며
데꼬온 가스나 이쁘다
깐난이 업은 여동생 술상 걸게 차려오니
휘파람 불며 놀러온 친구가
감나무 아래서
남대문 지퍼 쓱 올리며
쪼끄만 아그덜이 성님 몰래 술 건드네
한잔 달랑 받더니 이것두 술이야
우린 발동 한번 걸리면
대두로 세 병 이상 꺾어
어쩐지 배가 엄청 나왔더라

어어 머라고 밀고 땡기며 한바탕 웃자

퇴쨍이눈 곱게 뜨고 호박폼 잡다가

아야 느그집 암탉 몇 마리 잡아서

머스마 가스나 싹 불러 매구나 때릴까

옥란이 오빠

참깨다방 김양이 좋아했던 그 사람

정류장 지나갈 때 고향소식 묻더니
아무런 연락없이 어디로 떠나갔나

돈 많이 벌어서 눈 온 날 만나자며
꽃잎처럼 사라진 애처로운 그 사람

단감나무 골짜기 메아리만 남긴 채
어느 섬 기슭에서 뭐하고 살아갈까

별눈 나린 밤

별눈 나린 밤
토끼잠바 걸치고 단팥빵 사러 갔죠
파리바케트 건너편 골목길 나오는데
자동차 발 동동 구르며 오리걸음치고
가로등 옆구리 걸터앉은 태극기 벌벌 떨길레
주머니 손 쏙 집어넣고 힐끔 쳐다보다가
고양이 방울소리 듣고 서둘러 돌아오니
옷자락 사이로 별눈 몇 송이 따라왔군요
아직 안 녹았네요

디오니소스 구슬 찾기

내가
지독한 매너리즘에
빠져버린 이유는
박달나무 아래 떨어진
구슬 하나를 찾기 위해서지요

양녕대군이
어리를 사랑한 것처럼
그냥 그렇게 사랑합니다

깨끗한 슬픔
경건한 이별
주체할 수 없는 외로움
이러한 모든 것들이
사랑의 두려움이지요

그리고

머나먼 시련의 강물을 건너

비바람 폭풍 속으로 떠밀려

소리없이 달려온 것도

달빛 아래 흐느낀 당신을 보고 싶어서지요

달맞이꽃

저편 언덕에서 손짓했어요
날개를 펴 보았지만
움직일 수 없었어요

가만히 부르면 오실 듯 말 듯
다가설수록 멀어진 그대를 향해
왜 사랑하는지 고민했어요

오늘은 그대를 만나러 왔는데
화장이 안 되어서 어쩌지요

바람의 시어 詩語

꿈을 삼킨 메아리
가슴 속 깊은 움직임까지
방울방울 눈물로 솟구치네
워낙 새초로운* 당신의 은유는
꾀꼬리 입안의 구슬 타고 쪼르륵

＊새초로운 : 조금 쌀쌀맞게 시치미를 떼는 태도가 있는

꿈에 본 여우

여우가 나타났다
바람머리 길게 느러뜨린 여우가
손가방을 가위자로 동여매고
풍악당 앞으로 곧장 걸어간다

눈동자가 촉촉하게 젖어
금세 눈물이 터질 것 같고
입정원 별꽃이 다복다복 피어나
박달이 자다가 벌떡 일어난다

신풍악 조련한 그녀는
가슴 속에 즈믄살 묵은 전설이 살고
날개없이 억극리億極里 하늘을 날며
무량대수無量大數 눈비 몰고 산골로 달려간다

그녀의 향기는

참신한 꿈子[*]를 키우기 때문일까

아니면 쉼없이 베푼 넉넉한 마음 때문일까

＊꿈子 : 꿈의 자식

내 안의 그대

그대 잘 모르지만
곁에서 몰래 숨어
하염없이 사랑하고 있었네

모른 현실 야속해도
하늘보다 더 높고
바다보다 더 넓게 사랑했네

행여 꿈에 만나거든
그대 품에 안겨
어린아이처럼 울고 싶어라

기울어진 마음 고칠 수 없어
그리움이 강물 되어
영원히 함께하고 싶어라

방황의 계절

소나무 숲 속 봄햇살 깨어나
바람이 놓고 간 진달래 먹고
꾀꼬리 앞에서 노래 불렀다

울타리 장미 아무리 고와도
사랑하는 사람 만나지 못해
외로운 뻐꾸기 아파 어쩌나

고향을 버리고 방황한 도시
가난한 시인 웃음소리 듣고
애인이 없어서 혼자 놀았다

애인 공개

성탄절 예배당 연극 짝꿍
열두살 사춘기 청교복 입은 소녀
단풍나무 아래 수채화 그리던 시골뜨기
나 몰래 윙크하고 거울 본 장옥란
고속버스 동승한 부끄럼 탄 가스나
첫눈온날 개 데꼬 썰매타는 아가씨
지금 온라인 글쓰기 상대, 바로 당신

마음의 고향

감나무 꼭대기 소쩍새 울면
언제나 그리운 어머니 목소리
옥수수 강마을 친구들 모여
사립문 밖으로 마중 나온 달
찬바람 나부껴 꽃잎이 지고
마음은 벌써 고향에 서있네

추석 이브

대문 밖 인기척이 들리자
서울 누나 왕림이요
엄마가 부엌에서 펄쩍 뛰며
오메 아그덜 왔다

아부지 엄마 인사하고
뚱보 누나 보따리 끌러보니
이건 아부지 한복이요
저건 엄마 저고리다

할머니는 버선이요
동생은 신발 맞나 신어본다
삼춘이 럭키선물 한 세트
과일 한 상자 보냈다

텔레비전 추석특집 나올 때
나는 공연히 좋아 마당 한 바퀴 돌고
셋째 누나 작은방에서 송편 만드는데
문칸방에서 고스톱이 벌어졌다

까불이는 광 폴아 용돈 벌고
막둥이 어리광부려 백원 받고
형은 쓰리고 하다가 독박 맞아
누나들이 배를 쥐며 웃었다

화장실 가려고 문밖을 나오니
마루 밑 고양이 놀라 달아나고
함박만한 보름달이 소나무 걸렸는데
소쩍새가 옆에서 쳐다보고 울었다

몽국설화

　발은 월겨빠진 꿈을 해탈로 승화분다 범종이 산사의
아척을 깨우자 나목은 가지마다 감격불을 일으켜 철 이른
그리움을 겨울로 시집보낸다 동장군이 눈박관을 차린 다음
나마눈이 나방결로 몰려와 온누리를 몽경도로 정복한다
우담화가 언문을 태우며 바람의 질투가 시작된다 질투는
다솜을 닥달하는 기포약 평화를 깨뜨리는 분노의 칼이다
바람이 잠잠할수록 눈사람이 불안하다 햇살을 삼킨
의자모가 넘어가고 가루라가 맨발로 흐느껴 운다 아무리
울어도 눈물이 가무지 않는다 벙어리 울음상자 속에서
설화별로 뿌리내린 발은 불가사의 전설을 안안팍에 머금고
몽국의 아라를 포말로 유혹한다

2

옛날 그 옛날

1

옛날 그 옛날
탱자산골에서 빠꿈¹⁾ 살던 그 옛날
천진 아그덜²⁾ 고무줄 넘군데
지부³⁾가 찾아와 봄각시 서찰書札 받았다.

2

낭긋가지⁴⁾로
굴뚝새 외출이 자자지면서
매화梅花가 전개하니
산척촉山躑躅⁵⁾, 연교連翹⁶⁾, 수선화水仙花가 화토연바람⁷⁾ 일으켜
동백冬柏과 살구杏花가 춘등잔 켜고
복송꽃⁸⁾桃花과 산수유山茱萸가 감격불 지폈다.

1) 빠꿈 : 소꿉놀이   2) 아그덜 : 아이들   3) 지부 : 제비
4) 낭긋가지 : 나뭇가지   5) 산척촉 : 진달래   6) 연교 : 개나리
7) 화토연바람 : 꽃샘바람   8) 복송꽃 : 복숭아꽃

3

시하내⁹⁾ 얼었던 갱물¹⁰⁾이 지지개를 펼치자
물레방아 소리 듣고 깨오락지¹¹⁾가 잠에서 깨어나
논과 밭에서 쟁기질 소리가 당차게 들리고
들에서 노물¹²⁾ 캐는 풍경이 도드라졌다.

4

간밤에 달롱개¹³⁾ 単花葱 찾는 꿈을 꾸었다.
논두렁, 밭고랑, 산기슭과 가람저리¹⁴⁾를 떠돌며
달롱개 찾아 곡곡으로 헤매는 꿈을 꾸었다.

5

뼹아리 농장으로 소풍간 날

9) 시하내 : 겨우내   10) 갱물 : 강물   11) 깨오락지 : 개구리
12) 노물 : 나물   13) 달롱개 : 달래   14) 가람저리 : 강 언저리

찔구순[15] 꺾다가 비암때알[16] 龍吐珠을 발견하였다.
누나가 독毒 있다고 몬 묵게 하였다.

6
는개비[17] 한차례 댕겨간 뒤로
목란 송송 나팔 울리고
산벚 분분 작작 날리니
뚬복새[18] 한 마리 숨어 울었다.

7
아지랭이 뽀꿈담배[19] 피운 날
노고지리[20] 소리 높여 울었다.

15) 찔구순 : 찔레순   16) 비암때알 : 뱀딸기
17) 는개비 : 실처럼 가늘게 내리는 비   18) 뚬복새 : 뜸북새
19) 뽀꿈담배 : 연기를 깊이 들이마시지 않고 피우는 담배
20) 노고지리 : 종달새

보리촐래²¹⁾ 불면 바로 나타난다.

8

때깐치가 말문을 여니
복수초福壽草가 잔설을 뚫고 피어나
철쭉과 금부채, 크내기치마가 입술을 열고
너도바람꽃, 나도바람꽃, 홀애비바람꽃이 줄달아 웃었다.

9

민둥산 낭구 숭군 날
깬주박낭구²²⁾ 옆으로 단감낭구 한 그루 숭겄다.
꽃눈이 올라오니
바람은
잠자는 새의 눈동자 속으로 꿈의 등불을 지펴 주었다.

21) 보리촐래 : 보리피리   22) 깬주박낭구 : 침엽수로 된 삼나무

10

태양의 황경黃經이 15도 이르러
수풀 속에서 토깽이풀[23] 찾았다.
사립문 밖으로 한참을 도리번거리다가
호랑나부 춤추는 뫼잔디 수풀 속에서
문도라미[24] 金簪草 이파리 석 장 따왔다.

11

새럼박[25]에서 엿장시 가새 반주가 들렸다.
헌 고무신 몇 컬레 들고 나가니
막까지[26]엿 한 가락 건네주었다.

12

쑥꾹새[27]가 진종일 흐껴 울더니

23) 토깽이풀 : 토끼풀   24) 문도라미 : 민들레
25) 새럼박 : 골목   26) 막까지 : 막대기   27) 쑥꾹새 : 뻐꾹새

짱이²⁸⁾가 오랜 진통 끝에 꽃망울을 터뜨렸다.
아럼다움²⁹⁾ 때문에 꺾지 않기로 하였다.

13

미영치마³⁰⁾ 입고 큰누나 읍내로 선보러 가는 날
아카수아 꽃내움 생쿠며 동구 밖까지 따라가다가
눈깔사탕 한개 받고 돌아와 눈물지었다.

14

며칠 전
장독대 이사온 채송화 물 주는데
확넝쿨³¹⁾로 꿀벌 날아와 배추흰나부랑 숨바꼭질하였다.
꿀벌과 나부가 오락가락하는데 술래가 누군지 궁금하였다.

28) 짱이 : 장미   29) 아럼다움 : 아름다움
30) 미영치마 : 명주치마   31) 확넝쿨 : 호박넝쿨

15

옛날 그 옛날

고무신 꺼꾸로 신고 물꽤기 잡던 그 옛날

이치라시$^{32)}$ 합창소리 듣고 태양이 불을 몰아 여름을 깨웠다.

16

대추낭구 시집보낸 날

남녀노소 날개옷 단장하고 단오잔치를 열었다.

장정들은 당산낭구 아래 씨름판과 척사판을 열고

아낙들은 창포물로 머리 감고 그네와 널을 뛰며

온 부락민이 성황당城隍堂 앞에서 마당놀이를 즐겼다.

17

물총새가 알을 까는 동안

32) 이치라시 : 초여름에 우는 매미

먹머구리[33]가 떼지어 아우성쳤다.
논길로 찾아가니 금세 사라졌다.

18

작달비[34]가 억수로 몰려온 날
우산각에서 천둥번개 고함소리 들었다.
가심이 철렁하였다.

19

모구가 불렀다.
"한나 만나 모굿대, 모구장사 어디가."
장농 옆으로 보재기 쳐놓고 모구가 불렀다.

33) 먹머구리 : 참개구리   34) 작달비 : 장대비

20

엄니 손잡고 함무니 마중간 날
시냇물 졸졸 흐른 징검다리 건널 때
내눈박이³⁵⁾ 따라와 울면서 걸었다.

21

고라실³⁶⁾에서 물괘기 잡았다.
물 속으로 손을 넣어 물풀과 돌틈을 살살 더듬거렸다.
쌀붕어 한 마리와 꼭사리 두 마리를 잡아서 신발 속에 집어넣고
물끄러미 바라보았다.

22

호랭이 장개간 날

35) 내눈박이 : 양쪽 눈 위에 흰 점이 있는 진돗개
36) 고라실 : 실개천

바람구리 엉덕³⁷⁾에서 무지개 지달렸다.

가슴은 기대로 부풀어 올라

넋 놓고 빈하늘을 뚫어지게 지켜보았다.

23

뚬벙³⁸⁾ 우게 때까우³⁹⁾ 사라지면

소금쟁이 춤추는 모습을 자주 살펴본다.

물박질⁴⁰⁾은 장구아부지보다 약간 빠르다.

24

은빛 물결 촐랑거린 개울가

모새밭 기슭에서 뚜깨비집⁴¹⁾ 지어놓고

37) 바람구리 엉덕 : 새들이 자주 왕래하는 언덕
38) 뚬벙 : 작은 연못이나 물이 고여있는 웅덩이 혹은 호수
39) 때까우 : 거위 백조   40) 물박질 : 물 달리기
41) 뚜깨비집 : 두꺼비집

물방개 잡다가 신발 한 짝 놓쳤는데
용반 아제가 삽자루로 건져주었다.

25

포란둥이[42] 데리고 삐비[43] 뽑다가
뿌락대기[44] 머문 자리에서 쇠똥구리 만났다.
뒤도 안 돌아보고 열심히 쇠똥을 굴렸다.

26

삼복더위가 불뿜는 오후
상수리낭구 모여사는 곤충들을 만났다.
낭구 위로는 사슴벌레가 앉아 자리 지키고
낭구 아래는 핑갱이[45]가 모여서 살림 꾸리고

42) 포란둥이 : 개 이름   43) 삐비 : 삘기
44) 뿌락대기 : 황소   45) 핑갱이 : 풍뎅이

낭구 뒤로는 하늘소가 숨어서 망을 보았다.

27

오란비⁴⁶⁾가 돌아와 태풍이 담박질⁴⁷⁾치면
어런들은 비바람에 스러진 농작물 걱정하고
아그덜은 과실낭구 아래 떨어진 과실 찾았다.

28

봉숭아 꽃물들인 날
토란잎에 맺힌 이슬방울 털어내고
하지감자밭에서 무당벌레 잡다가
깐난이⁴⁸⁾ 업은 땅개비⁴⁹⁾ 나팔소리 들었다.

46) 오란비 : 장맛비   47) 담박질 : 달리기
48) 깐난이 : 갓난 아이   49) 땅개비 : 방아깨비

29

더위가 주춤하면

깨복쟁이[50] 친구들과 용추골로 소 뜯기러 갔다.

잡풀이 덤부수룩하게 우거진 풀섶 기스락[51]에

소떼를 풀어놓고

귀몽櫷木낭구[52] 그늘에서 진도링[53]하다가

하늘다람쥐가 살고 있는

폭포수에서 깨댕이[54] 벗고 미역감았다[55].

30

견우와 직녀가 오작교서 만난 날

50) 깨복쟁이 : 옷을 벗고 뛰어놀던 어릴적 친구
51) 기스락 : 비탈진 곳의 가장자리
52) 귀몽(櫷木)낭구 : 정자나무 마을 앞에 우뚝선 당산나무.
　　한자는 귀목으로 쓰지만 읽을 때는 귀몽으로 읽는다
53) 진도링 : 목표물을 정해 놓고 상대의 몸을 먼저 부딪히는 사람이
　　점수를 얻는 아이들의 놀이
54) 깨댕이 : 발가벗은 모습　　55) 미역감았다 : 멱 감았다

초가집 들창 밖으로 된장국 냄새가 코를 찔렀다.

"아부지 진지 잡사요."

열두 살 누나 목소리가 맑았다.

31

누베[56]가 집짓기 시작하면

뽕낭구 밭에서 오돌개[57] 따 묵고

방구낭구[58] 껍질로 뺑도리[59] 돌렸다.

32

아부지 포도낭구 약치러 가신 날

유잿집[60] 독배[61] 따다 들켜 맴매 한 대 맞고

밤낭구 아래서 멀구알[62] 찾다가

56) 누베 : 누에   57) 오돌개 : 오디 뽕나무 열매
58) 방구낭구 : 뽕나무   59) 뺑도리 : 팽이   60) 유잿집 : 이웃집
61) 독배 : 돌배   62) 멀구알 : 머루알

풋밤 한 개 주워 호랑[63]으로 담았다.

33

옛날 그 옛날

쪼시깡 앤경[64] 끼고 도롱태[65] 굴린 그 옛날

귀뚜리 풍금소리 듣고 단풍새가 홰를 치며 울었다.

34

무강화[66] 無窮花가 꽃술을 열자

뜨락의 국화가 봉오리 터지고

박주가리 蘿摩子가 샘웃음 치니

살사리[67] 길서페서 자마리[68]가 나래춤[69] 추었다.

63) 호랑 : 호주머니   64) 쪼시깡 앤경 : 수수깡 안경
65) 도롱태 : 굴렁쇠   66) 무강화 : 무궁화   67) 살사리 : 코스모스
68) 자마리 : 잠자리   69) 나래춤 : 날개춤

35

망옷자리[70] 개똥불 날던 날

밤하늘에서 별자리 찾았다.

페가수수 사각형을 중심으로

물괘기자리와 안드로메다자리를 찾고

도마비암[71] 자리와 조랑말자리를 찾았다.

36

달토끼 방애[72] 찍고 귀촉도[73] 歸蜀途 우는 밤

마을 사람들이 집집마다 돌며 매구[74] 때렸다.

여자들은 술과 우란분절[75] 盂蘭盆節 음식을 장만하고

남자들은 징소리 장단에 맞추어 북과 장구를 치며

달이 서산으로 넘어갈 때까지 신나게 매구 때렸다.

70) 망옷자리 : 퇴비 혹은 두엄을 쌓아 논 자리　　71) 도마비암 : 도마뱀
72) 방애 : 방아　　73) 귀촉도 : 소쩍새　　74) 매구 : 전라도 지방 농악놀이
75) 우란분절 : 백중을 불교에서 일컫는 말

37

가실이 점차 익어가면서

달구지[76]에 짐을 싣고 일터로 떠난 농부들은

저마다 풍년을 기원하는 꿈으로 젖어 있었다.

38

황금벌판에 산새들 노래할 때 맑은 날 받아 추수를 시작하였다.

아침 일찍 품앗이 나온 일꾼들은 가족들과 함께 들판으로 모여서

튼실이 여문 나락을 낫으로 베어서 볏단을 만들고 홀태로 훑어서 탈곡하였다.

76) 달구지 : 우마차

39

강낭콩은 도리깨로 때려 자루에 담고

깡냉이는 껍떡을 뱃겨 지둥에 달아 말렸다.

고치는 추려 말리고 호박은 군데군데 모타두었다.[77]

40

가윗날

때때옷 갈아입고

징조하라부지 산소로 생매省墓갔다.

산소에서 족보族譜에 관한 이야기를 들려주었다.

41

보름달이 떠오르면

누나들이 마당에서 강강술래 불렀다.

77) 모타두었다 : 모아두었다

가사를 따라하며 달한테 소원所願 졸랐다.

42

천둥오리가 저수지로 놀러오면서
아침 저녁으로 마고리바람[78]이 불더니
낭구들이 알록달록 색동물로 수 놓아
갱아지가 비찌락[79] 봅고 단펑[80]丹楓 쳐다보았다.

43

메주가 장맛을 드러내자
해바래기向日花가 어린 키만큼 자라 씨방을 키우고
서숙알[81]이 강생이[82] 꼬리가 되어 고개를 살랑살랑 흔들면
추수가 끝난 논에서 미꾸락지와 우렁 잡았다.

78) 마고리바람 : 가을에 부는 선선한 바람
79) 비찌락 : 빗자루　　　80) 단펑 : 단풍　　　81) 서숙알 : 조알
82) 강생이 : 강아지

44

옛날 그 옛날
감재밭에 서리꽃이 활짝 핀 그 옛날
새들은 추비⁸³⁾를 피하여 머나먼 여행을 떠났다.

45

짐장독⁸⁴⁾을 묻고 난 다음
바람에 떠밀린 으냉잎들이 골목길로 뛰쳐나왔다.
빛고운 잎싹⁸⁵⁾을 골라서 책갈피로 감싸주었다.

46

밤이 한가로운 동짓날
엄니가 팥죽을 써서 구신 쫓았다.
큰방, 작은방, 문칸방, 사랑방은 물론

83) 추비 : 추위   84) 짐장독 : 김장독   85) 잎싹 : 이파리

정재⁸⁶⁾와 대청마루, 토방⁸⁷⁾에서 장끄방⁸⁸⁾까지
집안 구석구석으로 뿌리며 구신 쫓았다.

47

도독눈⁸⁹⁾ 내린 성탄절 이브
산타하라부지 만나 성경책 받았다.
루돌프 썰매 타고 오셨다.

48

문풍지 바람이 귓전을 때렸다.
양반닭 소리 듣고 창문을 열어저치니
세상은 온통 꿈채화⁹⁰⁾ 물결로 멱감고 있었다.

86) 정재 : 부엌
87) 토방 : 뜰, 방에 들어가는 문 앞에다 약간 높고 편평하게 다져 놓은 흙바닥
88) 장끄방 : 장독대
89) 도독눈 : 깊은 밤에 몰래 내리는 눈   90) 꿈채화 : 꿈속의 수채화

49

어깨를 으쓱하면서
마당 귀영치⁹¹⁾로 눈사람 맹글어놓고
동무들과 눈싸움을 시작하였다.
주먹만한 눈뭉탱이를 주고 받으며
눈싸움은 한참 동안 계속 되었지만
승부의 결과에는 전혀 아랑곳하지 않았다.

50

소한小寒 무렵
동장군이 꼴랑지를 치켜세우니
처마끝에 고드름이 얼면서 곳곳마다 얼음이 얼었다.
양은냄비도 얼고 세숫대야도 얼고 문고리도 얼었다.

91) 귀영치 : 구석지 귀퉁이

51

가평⁹²⁾_{嘉平} 그믐차

엄니가 조청을 만들어 청단지를 선반 위로 감추어 두었다.

식구들이 집을 비운 사이에 의자를 딛고 청단지 꺼내다가 천장에서 울린 시앙쥐 소리 듣고 청단지를 방바닥으로 넘어뜨렸다.

그후로 천장에서 시앙쥐 소리가 들리면 가슴이 조마조마하였다.

52

연둣_{年頭}날⁹³⁾

대종가 세배 갔다가

백부님 복돈 받았다.

92) 가평 : 음력으로 한 해의 맨 마지막 달
93) 연둣날 : 연두는 해의 첫머리로 설날을 뜻함

60

53

동네 아재비덜 윷놀이 할 때
독도獨島로 시집간 누나 지달리며
깔끄막⁹⁴⁾ 올라가 꼴랑지연 날렸다.

54

정월 열 나흘밤
오곡으로 만든 해우밥⁹⁵⁾ 묵었다.
찰찰스런 해우밥을 바라보면
입 안에서 군침이 뱅글뱅글 돈다.

55

달이 휘영청 밝으면
고칫대와 가짓대를 준비하여

94) 깔끄막 : 비탈길   95) 해우밥 : 김밥

마당 가운데 모닥불 지펴놓고 연령 수만큼 뛰어넘고
동네별로 편을 갈라 불깡통 돌리며 횃불싸움하였다.

56
대보름날 아척
눈뜨자마자 더위 폴았다.
말동작 빠른 사람이 이긴다.

57
햇살이 다람쥐 궁댕이 발분 날
제암산帝岩山으로 땔낭구 잡으러 갔다.
눈 녹은 된비알[96] 길을 오르락 내리락거리며
해가 산몬당[97]으로 올라올 즈음

96) 된비알 : 심하게 비탈진 길이나 산자락
97) 산몬당 : 산마루

억새가 빽빽하게 우거진 임금바우⁹⁸⁾ 발자락에 도착하였다.

야호하고 메아리치며 계곡으로 흐르는 약수 한 모금 축이고

씨알이 탱굴탱굴하게 여문 키다리억새를 낫으로 싹둑싹둑 베어서

칡넝쿨지게에 짊어지고

고개를 좌우로 기웃둥 갸웃둥하였다.

58

골짜기 어둠이 찾아오면

아부지는 작은방에서 촛불 켜놓고 찬물 뿌린 지풀로 새내끼⁹⁹⁾ 꼬우고

엄니는 큰방에서 등잔불 아래 해진 옷을 찾아 한땀 한땀 바느질하고

<hr>

98) 바우 : 바위   99) 새내끼 : 새끼

함무니는 사랑방에서 화롯불 지키며 모실[100] 나온 사람들
과 밤늦도록 설화꽃 피웠다.

59

진눈깨비가 을씨년스럽게 몰아닥친 날
괴댁이[101]가 꾸르륵 소리를 내며 털을 세우자
고구마 썰어서 부삭불[102]로 올려놓고
살강[103] 밑에 숭캐놓은 꼭감상자 찾았다.

60

엊그저깨
녹차마을 거무 삼춘이
묵정밭으로 꿩약을 놨는데

100) 모실 : 마실   101) 괴댁이 : 고양이
102) 부삭불 : 부엌불   103) 살강 : 찬장

어떤 아제비가 쟁끼[104] 두 마리 주서 갔다.

61

눈포래[105] 친 겨울밤

공동무덤 옆길로 돌아갈 때

산올뺌구[106] 지침소리 들으면

등골이 오싹하면서 머리칼이 불쑥 곤두선다.

62

꽁지에 꽁지를 문 눈의 무리가

바람의 발목을 붙잡고 물팍[107] 까지 올라왔다.

봄은 당당 멀었는데 고구마넌출[108] 모질라

시앙치[109] 랑 맴생이[110] 가 꺽정이다.

104) 쟁끼 : 장끼   105) 눈포래 : 눈보라
106) 산올뺌구 : 산올빼미   107) 물팍 : 무릎
108) 넌출 : 넝쿨   109) 시앙치 : 송아지   110) 맴생이 : 염소

63

꼬맛적부터

순수지교[111] 純粹之交인 퇴꽹이[112]

퇴꽹이도 인자는 영판[113] 커부러서

저잿날[114] 돌아오면 폴아[115] 분다는 이야기 듣고

퇴꽹이 찾아가 머리를 스다듬어 주었다.

111) 순수지교 : 지고지순한 관계의 친구 세상의 때가 전혀 묻지 않는
    순수한 친구 사이
112) 퇴꽹이 : 토끼   113) 영판 : 아주   114) 저잿날 : 장날
115) 폴아 : 팔아

3

옛날 어느 봄날

봄봄양반 쟁기질하는데
진달래 산자락 난리 몰아
동네 어귀 벚꽃 웅성거리니
꽃바람 굴뚝새 담장 넘어
개나리 다투어 샘웃음치더라

샛별아짐 호맹이 잡는데
노고지리 하늘 높이 올라
흰구름 북쪽으로 담박질치고
엄마닭 생똥 싸고 달아나
병아리 울면서 종종걸음치더라

두꺼비삼춘 맴생이 끗는데
얼룩 뻐꾹새 탱자나무 앉아
달각시 방맹이질 소리 듣고

둠벙가 개구리 폴짝 뛰니
실도랑 가재눈 깜빡깜빡하더라

새싹이모 쑥나물 캐는데
골짜기 초록풀 파릿파릿 일어나
뜸북새 숨어서 뜸북뜸북 우짓고
엿장수 가새 춤가락 마추어
느짐보 달팽이 엉금덩금하더라

해오라비 보리피리 부는데
참나무 꾀꼬리 비야비야 울며
꿈동이 사금파리 흙밥 차릴 때
아지랑이 신랑 봄수레 타고
강남 제비 고향집 돌아와
장끄방 시앙쥐 뚤레뚤레하더라

천리포 수목원

화군 행차로 우주화 나팔분다
눈화는 달비로 비화는 별비로
오란화*는 나폴레옹 깃발 닮은 산수유오빠 어깨로
두팔을 짝 벌린 호랑가시나무 바지에 오줌싼 노루동자
옷자락 사이로 살포시 매달린 금방울낭자 전화 받고
잠자는 고양이모자 뒤집어 삼킨 스칸디나비 행군 나팔 분다
바람이 운다
빨강바람 파랑바람 노랑바람
마법의 명찰을 가슴에 달고
심장이 까맣게 불타는 나홀로바람이 소스라쳐 운다
달이 운다
달이란 이름으로
이무도 오지않는 섬골로 유배된 아그배 누나의 눈동자 속에서
만삭의 몸을 부둥켜 안고
죽은 사자보다 서러운 모습으로 흐느껴 운다

들어보라

늙은 왕관을 머리에 두른 이파리각시의 뼈저린 눈물 발
자국 소리를

잎과 잎사이로 빛나는 히포글로숨루스쿠스 천사의 이빨
빠진 바이올린 소리를

깊은 밤 홀로우는 달 삼킨 연못 사이로 씩씩하게 올라
오는 키작은 풀꽃요정의 눈겨운 숨결 소리를

기적이 운다

달도깨비 메셀 토란공주

이방인들 손에 손잡고 밤기차 탄다

라푼젤학교 음악시간

셈페르비렌스 작곡화 신고 꿈날개 가위눌린 바탕화면
깨운다

납매 볼케이노 하스펜 무대로 나오니

어번단스 무스카리 좌우로 앉고

스팩트럼 플라밍고 칸소네 차례로 입장한다

햇살로 멱감은 호수는 첫날밤보다 아름다운 꽃눈오는
날의 수채화

가슴을 쥐어짜는 몽환적 풍경은 민병갈 선생의 기억
속에 잠들고

사랑의 포로가 된 그리움 속의 그리움이 소낙비로 몰려와

꽃무덤 속에서 나는 죽었노라

그리고 나는 죽었다가 다시 살아났노라

＊오란화 : 장미꽃

무지개와 장끼와 성탄절

숨바퀴 동산 꿈토끼 소녀가
엉겅키 우거진 빗속을 거닐 때
삐약이 울어서 무지개 떴을까

노동댁 감자밭 맹감색 장끼도
여치가 알켜준 강낭콩 찾다가
삽살개 쫓아와 울면서 날았다

함박눈 내리는 성탄절 이브
또다시 예배당 종소리 울리면
산타가 보내준 카드를 받고파

밝은 태양

옛날부터 꿈부림친 우주의 희망
이글이글 불타는 섬광의 나팔이여
독실한 광명으로 생명을 키워 가느냐

심심한날 조각구름 몇개 띄워
눈감고 모른척하다가
둥그랗게 활짝 핀 개구장이 술래야

순간과 영원을 지배하며
황금빛 눈물로
잠자는 영혼을 깨우는 눈터진 기쁨

춤추는 강물의 소용돌이 속에서
천둥어*전설과 번개조*신화가
은혜로 꽃피는 축복의 나무여

정처없이 쏘다닌 휘파람 소리를 듣고
밭에 심은 고구마 줄기를 바라보며
널 얼마나 찾고 기다렸는지 알겠니

연두바다 맴도는 갈매기 삼촌과
소금항구 정박한 조각배 오라버니
바람과 비의 시누와 파도의 올케여

우리집 밤나무 밑에 살고 있는
두더지가 너를 무서워한 것 빼고는
언제나 씩씩한 자태로 빛남을 닮고 싶은 너

발빠른 기상이 볼수록 아리따운 너는
신비로 멱감은 궁금한 바람의 수수께끼

＊천둥어 : 천둥물고기   ＊번개조 : 번개새

빗지락 밟고 단풍 쳐다본 강아지

발 살짝 들어서 중심 잘 잡고
고개 약간 비켜 좌우로 갸우뚱
요기서 어떤 잎이 빨갛게 익었나

잠자리 앉은 자리 그 옆에 이쁘다
구여운 잎새가 깨끗한 햇살 먹고
갈바람 만나 추석 선물 받았나

고독한 달님이 은하수 건너
금붕어 입에 든 보석을 삼키고
단풍나무 올라가 요술 부렸나

꿈속나라 결혼식

꿈속나라 하늘에서 양판눈이 몰려와

이웃나라 왕자가 눈사람을 만드니

설화공주 깨어나 신나게 놀았어요

왕자는 요정의 시술*詩述에 걸려 돌맹이가 되었어요

공주가 꿈을 꾸니

요정이 놓고 간 초록색 단추에 퇴고라 씌였어요

공주가 퇴고를 읽으니

돌맹이가 움직이며 왕자로 변했어요

공주는 왕자에게 장미꽃을 선물했어요

함 사세요 함 사

오늘은 왕자와 공주가 꿈에서 결혼해요

주례는 창작마을 퇴고아저씨

하객들은 아무도 찾아오지 않았어요

＊시술 : 시의 마술

별과 옥수수와 장끼

바람부는 언덕에서 올빼미랑 노는데
무지개가 내려와 별보고 윙크하네

잠들면 몰래 따서 호랑으로 숨켜부까

방금나온 옥수수는 어떤 애가 가져갔군
울지마라 내 사랑아 맛있는 거 없으면
플라토닉 옥수수로 구곡간장 적셔줄게

갈대밭에 우는 장끼 어디로 날아갔죠
첫사랑이 그리워 이슬 타고 떠나갔나
동해바다 해가 뜨면 단감 따러 오실란가

천둥이 된 흰구름

초록이 언니하고 흰구름 오빠가
무궁화 동산에 삼년간 살았는데
요술쟁이 바람이 태양을 던졌다

햇살이 뜨거워 구름이 달아나자
갈바람 찾아와 초록언니 꾀어서
단풍을 해산해 속도위반 하였다

화가 난 구름은 하늘 높이 올라
밤새도록 울다가 천둥이 되어서
비오는 언덕에서 초록을 부른다

가을 소풍

우주선 타고 가을로 들어가니
해신랑 비각시 굴절된 사랑하여
쌍무지개 태어나 닭살부부 만들었네

살살이* 화전에서 잠자리 연애할 때
안토시안 깨물고 색동바람 찾아와
빨강 부푼 나뭇잎 웃으며 윙크하네

무지개 전설 듣고 단풍연가 부르는데
귀뚜리 깜짝 놀라 보름달 쳐다보고
정든 임 그리며 밤새도록 울었다네

* 살살이 : 코스모스

잠자리 연못

이슬비 닥치는 잠자리 연못
두꺼비 찾아와 물방개 부르니
달팽이 나와 소금쟁이 춤추네

안개 낀 시냇가 옥잠화 피어나
외로운 메기가 물장군 보려고
장구애비 몰래 가야금 켰을까

해 뜨는 희망천 별반지 찾으러
개구리 뛰다가 피라미 넘어져
조약돌 옆으로 가재가 숨었나

가을 잔치

장끄방 매주가 가을을 마시니
바람이 건들어 단풍을 낳고

달나라 토끼가 방아 타다가
밤하늘 보석향 총총히 수놓아

기름진 밭에다 오곡을 심어서
착실히 가꾸어 나누어 먹었다

추야의 오케스트라

밤은 가을을 연주한다
귁귁 귁귁귁
귀또라미 울음은
바람과 바람의 그리움

찌르 찌르 찌르르
찌르라기 울음은
할머니 아프지 말라고

쓰르 쓰르 쓰르르
쓰르라기 울음은
올가을 농사 잘되라고

떼굴 떼굴 떼구루르
담 넘어 호박 굴러간다

밤을 노래하는 목소리

바스락 바스락 이따금 탁탁
쥐죽은
성황나무 언저리
혼자 우는 새는 누구냐

메타세콰이어 수풀에서
후루르 후르루 바람이 울면
눈발로 소스라치는 별군
사르 사르륵 사르르륵

에쿠헴 에쿠에헴
아버님 기침소리 듣고
노루잠에서 깨어난 눈섭달
꿈뻑 꿈뻑 갸우뚱 쿠울 쿠훌

꼬꼬~고~오-오ㄴㄱ
양반닭 나팔소리 울리면
어브적 어브적 독수리도장 찍고
앙눙앙눙 으흐음 말 더듬더듬

가을이 오는 소리

사르륵 사르륵
빨강 단풍 꿈을 꾼다

파닥 파닥 파드득
고추잠자리 날아간다

꽉꽉 꽈애액
오리야 너 무슨 생각하니

가을 하늘 너무 높다
추석 몇밤 남았냐

팡새의 꿈

바람당 무당낭자
백금천*동여매니
햇발*이 들어찼다

인고색 베틀로
그리움 길쌈하여
비단별 해산한다

옷감 바금드리고
부채로 회오리어*
사랑부자 되었다

* 백금천 : 백색으로 된 두루마기 천
* 햇발 : 해가 처음 솟을 때의 빛
* 회오리어 : 회오리바람처럼 휘감아 돌려

산골 아이

저 건너 우는 꿩
짱끼냐 까투리냐

밤길 가면
왜 도깨비 생각날까

하늘에서 붕어가 떨어져
우리 논에 다 모여라
잡아오게

수채화 속 단풍잎 소녀

수채화 속 단풍잎 소녀가
옛날 동경했던 사랑을 찾아
청초한 넋으로 속삭였어요

수다쟁이 아리따운 소녀는
몸부림친 사랑을 끌어안고
북받친 눈물을 터뜨렸어요

느티나무 보름달 걸린 새벽
소쩍새 피리 부는 기슭에서
감동찬 꿈이 메아리쳤어요

외로운 장마철

장마철 소낙비 몰려와
그 많던 산새들 모두 떠나니
우산없는 뻐꾸기 비맞아 앓고
논두렁 개구리 슬피 우는데
궁금한 꾀꼬리 몰래 보다가
반대편 기슭에서 숨어 울더라

가을 아이

복숭아 한 개 따
할머니 드리고

햇밤 한 개 주워
엄마 한쪽 나 한쪽

돌참외 익으면
누나랑 나눠 먹자

이슬비 그치고
밝은 태양 나와라

함박눈 여행

함박눈 팔랑팔랑 내로면
옆구리 그리움 가위눌려
몸살난 홋사랑 바라기나

동친*들과 추억길 밟으며
도란도란 이야기 삼고픈
감동나라 꼬리별 만나러

동그란 눈물도롱태 밀고
눈꽃 핀 가로수 뜨락으로
함박눈 여행을 떠나보렴

＊동친 : 동갑내기 친구

바람의 일기

철없는 바람이 가을을 재촉하니
주식시장 연일 장세 면치 못하고
노점상 단속반 다녀갔나 물었다

가스나 화장하다 버스를 놓치자
할머니 다라에 붕어가 펄펄 뛰며
토끼장 앞으로 아그덜이 몰렸다

아줌마 유모차 밀고 신호 건널 때
사원모집 광고 보며 풀빵 사 먹고
중국산 참기름 한병 사 집에 왔다

가을가

가을가 불렀다
바람은 추색의 계단에 앉아
귀뚜리 북치는 비밀을 캐는데
코스모스 뜨락 잠자리 찾아와
풋단풍 숲에서 가을가 불렀다

누군가를 사랑할 때

다가설수록 두려움은 커진다

신실信實한 자숙自淑의 침묵으로
엄격한 다스림 지키라

거울 앞에서 바라보고
청정의 향기로 진퇴하라

온전히 돌아올 때까지
모든 걸 내어주고

지탱하기 힘들면
발걸음 멈추고 생각하라

온유한 자상과 순수로

명철明哲한 감각을 유지하되

비우고 또 비운 다음에 채우라

그리워

금빛 찬란한 그대의 맑은 영혼
가까이 갈수록 멀어진 그대여
희망의 언덕 무지개 피어나면
그토록 푸른 바람 놓칠까 두려워
임 생각 떨치지 못해 잠 못 이룬 밤
푸른 향기 쓸어모아 가슴에 담고
눈동자 속으로 꿈을 꾸고 있구나

곰돌이

곰돌이 펼쳐놓고 고객을 조차가니
인사도 안 받고 따라오지 마세요

찾아온 고객 놓칠까 두려워
씩씩한 열정 가슴으로 토해냈다

까다로운 고객 어서 오세요
당신의 관심 사랑합니다

오늘 하루도 잘하고 싶었는데
초겨울 삭풍이 발걸음 재촉하네

삼일절 三一節

강토의 한 서린 겨레혼
피눈물로 태극기 흔들어
목마른 자주 독립화 터졌네

동포여
삼일 독립운동 만누리 부쳐
고장난 역사 바로 세우고

조국을 껴안고 생목숨 바친
순국선열 호국영령 뜻 모아
소중한 나라 굳건히 지키세

현충일 顯忠日

무궁화 기름 부어
타오른 촛불 열사
호국 추모 기념일

나라 사랑 일깨운
높고 높은 충정은
죽어 밝게 빛나니

깊은 참뜻 받들어
애국애족 힘으로
민족정신 키우자

세상의 빛이 되어

연두색 물결 따라 동심으로 돌아가
천도복송 한 개 따 어머니 드리고

할머니가 들려 준 전설의 고향 찾아
무지개 구름 타고 순금 햇살 마시고

그림 같은 낭만과 푸른 기반 엮어서
유년의 추억 모아 소꿉 노래 부르며

슬기로운 문학으로 세계평화 이끌어
세상의 빛이 되어 둥글게 살고파라

현재

존재하는 현재는 자신의 몫
숨 쉰 자 무덤에서 깨어나라
펄펄 뛴 열정 속 현재가 있다
가자 꿈꾸는 성공의 무대로
행복한 인생의 최대 가치는
움직이는 현재 속에 빛난다

제헌절 制憲節

헌법 시집보낸 날

서로서로 주인 되어
으뜸문화 창조하는
자랑스러운 우리나라

맑은 민족 기운으로
준법정신 바로잡아
고운 꿈 활짝 열려라

못다한 사랑

첫사랑은
아름다운 비극

짝사랑은
눈물나는 고통

이룰 수 없는 사랑은
안타까운 모순

앞에 것들의 불행은
못다한 사랑 때문에

사랑인 줄 알았기에

고운 임 만나 사랑인 줄 알았기에
떨리는 가슴으로 짝사랑 고백하며
오늘도 변함없이 내사람 찾아왔네

맺을 수 있는 사랑인 줄 알았기에
달 밝은 밤에 별을 타고 산을 넘어
온종일 임 찾아 바람처럼 달려왔네

무궁 무진한 사랑인 줄 알았기에
흐린 가슴 재우고 맑은 가슴 깨워
기꺼운 마음으로 웃으며 찾아왔네

사랑아

돌이켜 보면
억지로 떠나
슬픈 사랑아

어제 꿈에 놀고
오늘 낙엽 되어
서러운 사랑아

오직
짝사랑밖에 몰라
바람처럼 방황한
안타까운 사랑아

브리트니 스피어스

어느날
별을 타고 달려온 소녀가
요술 같은 향기로
내 마음 빼앗아 가버려
아무 대책도 없이 울어 버렸네

마이클잭슨 수난시대
비틀즈 기절초풍
앙드레갸농 눈물범벅
마돈나 빰 탁탁치네

광복절 光復節

광복절 떠오르면
한반도 해방으로 독립주권 되찾아
태극기 휘날리며
목청껏 울어버린 정부수립 기념일

삼일 독립정신 이어받아
일제의 식민사상 뿌리 뽑고
남북이 하나 되어
백두서 한라까지 손잡고 달려가자

개천절 開天節

하늘이 처음 열린날

환웅이 홍익불 지피니
이화세계 바람 따라
우렁찬 겨레의 맥박이 달린다

동트는 새역사 참희망 가꾸어
민족문화 계승 발전꽃 피우자

바람의 연애

고라니 꿈에 본 바람의 연애는
갈대비 내리는 도라지 벌판에
외로운 단풍새 구혼장 펼쳤네

칡넝쿨 올라가 보리수 따 먹고
다람쥐 앞에서 도토리 굴리며
나비가 놓고 간 쪽지를 펴 보니

웅장한 자연의 용트림 속에서
천년을 견뎌온 성실한 사랑이
침착한 숨결로 역사를 깨우네

어느 시인의 독백

자존심 발로차 고정관념 깨부수고
앞산에 등잔 놓고 뒷산에 불 밝혀
소리도 안 나는 종을 치며 울었다

화성 가서 외계인과 놀다온 친구가
혹세무민 삼아 임기응변 탁탁 치니
팔려온 금탑들이 바닥에서 뒹군다

북극성 달 타고 호시탐탐 노리며
늑대소동 직후 고대광실 무너져
정육면체 방향 따라 모이를 쪼았다

달

둥굴둥굴 달
정다운 추억 가슴에 담고
참사랑 깨우네

발금의 신비

은하수로 세수하고
구름과 숨바꼭질하더니
소나무 앉아 누구를 기다리나

고향 냄새 그리운
초가집 마당에서
너와 나 손잡고
강강술래 부를까

시인의 눈물

아즉까지도 시를 왜 쓰는지조차 정답을 모른다
다만 시가 우리의 생활 속으로 다가와
일종의 화학반응을 일으키고 있다고 생각한다
우리는 너무 바쁜 일상을 살아가고 있다는 핑계로
시 자체가 작가의 본질에서 벗어나
사람들에게 보여주기 위한 형태로 전락한 걸 우려한다
우리가 시를 쓰는 이유는
일상의 여유를 찾기 위함인데
당장 나부터도 어줍은 창작활동이 직업을 위협하며
심각한 정신장애를 초래하고 있다
나는 과연 이대로 좋은가
일도 잘하고 창작도 잘하고 싶지만
한 가지도 제대로 잡지 못한
현실을 탓하는 내 자신이 부끄러울 뿐이다

엄학섭의 시 세계와 동화시의 전통 계승

이 동 순(시인, 문학평론가)

엄학섭(嚴學燮)은 수년 전 필자가 인터넷 사이버 공간에서《생명과 사랑의 시》라는 문학 겸 친교카페를 운영하고 있던 시절에 만난 시인이다. 그가 창작공간에 올리는 작품의 특징은 다른 문학애호가들의 작품과 여러 면에서 구별되었다. 그 주된 특징이라면 우선 그가 동화적 서술형태의 시작품에 대한 애착을 일관되게 나타내 보였다는 점이다.

동화시(童話詩)라면 최근 문학사에서 매몰시인으로 감추어져 있다가 완전한 복원이 되어서 광명한 세계로 솟구쳐 나온 백석 (白石, 1912~1995) 시인의 「집게네 네 형제」, 「오징어와 검복」, 「개구리네 한 솥밥」, 「쫓기달래」 등을 떠올릴 수 있을 것이다. 출발부터 동시를 썼던 윤석중(尹石重, 1911~2003), 윤복진(尹福鎭, 1907~1991) 등은 일단 논외로 치더라도 우리 문학사에서 자유

시를 쓰는 시인으로 동화적 모티브를 활용해 시작품을 쓴 경우란 그리 많지 않다. 일찍이 1930년대의 대표시인 정지용(鄭芝溶, 1902~1950)과 일제말의 윤동주(尹東柱, 1917~1945) 등을 들수 있을 것이고, 해방 이후로는 박목월(朴木月, 1916~1978) 시인의 동화적 모티브를 들 수 있겠다. 그들이 동화적 모티브를 쓰는 배경에는 한없이 순수하고 천진무구한 아동심리의 세계에 의탁해서 시적 대상이나 사물의 근원을 드러내려는 의도를 가졌을 것이다.

이런 점에서 엄학섭 시인의 경우도 전자와 같은 맥락을 가진다. 지용과 동주의 경우는 자유시와는 구분되는 동시적 발상으로 시를 써서 하나의 작품집 내부에서 현저히 구분되는 세계를 나타내 보였고, 이것은 후대의 연구자들에게 시인이 쓴 동시라는 관점에서 연구 분석하는 계기를 마련해 주었다. 목월의 경우도 마찬가지다. 하지만 엄학섭 시인의 경우는 이번 시집에 수록된 56편 전체 작품의 경우가 하나같이 결 고르게 동시적 모티브를 활용해서 지속적으로 자신의 창작세계를 이끌어가고 있다.

전체 작품을 일별해보면 시인이 시적 대상에 임하는 자세나 정신세계로서의 빛깔은 매우 순수하고 고결하다. 그리고 천진난만하다. 호남방언의 재치 있는 활용도 작품의 흥미를 유발시키는데 상당한 기여를 하고 있다.

59편 작품 가운데서 유독 군계일학(群鷄一鶴)으로 돋보이는 작품이 하나 있으니 그것은 「옛날 그 옛날」이다. 이 작품은 '시집 속의 시집' 이라 해도 과언이 아닐 정도로 작품편수나 작품세계에 있어서 하나의 독립적 개별성을 지닌다. 일종의 연작형태를 취하고 있는 이 작품은 전체 번호가 1에서 63에 이른다. 그러니까 번호를 붙이지 않고 제각기 독립된 작품제목을 달아서 분리하면 그야말로 충분히 시집 한 권의 분량이라 할 수 있다. 명실공히 방대한 장시 형태이다. 매 작품마다 색다른 소재와 배경을 이끌어서 펼쳐 가는데, 추억의 시간여행이란 느낌이 들 정도이다.

　이 작품에서 특히 독자의 눈길을 끄는 대목은 풋풋하고 싱그러운 호남방언이 적극적으로 활용된 부분이다. 백석이 자신의 창작에서 평안도 일대 관서지방(關西地方)의 방언에 적극적으로 집착을 보인 것은 민족 언어의 망실에 대한 현저한 위기감에서 비롯되었다. 백석의 방언집착은 고향에 대한 애착, 민족적 정체성과 순수성이 훼손되어가는 식민지 제국주의 세태에 대한 강력한 저항감에서 비롯된 것으로 보인다. 이 점에서 엄학섭의 동화풍 시편들은 백석시의 세계와 많이 닮아있다. 엄학섭의 작품에서 활용된 신선한 어휘사례들을 들어보면 다음과 같다.

　빠꿈, 아그털, 낭굿가지, 깨오락지, 달룽개, 비암때알, 찔구순, 는개비, 뽀꿈담배, 때깐치, 깬주박낭구, 토깽이풀, 가새, 이치라시, 먹머구리, 때까우, 오란비, 뿌락대기, 삐비, 깨복쟁이, 핑겡이, 귀몽나무, 진도링, 깨댕이, 산때알, 뺑도리, 오돌개, 서숙알, 귀영치,

눈포래 등등 사례를 낱낱이 찾아서 들자면 이보다 훨씬 많이 수집이 된다. 하나하나 어휘들을 곰곰이 헤아려본다면 짐작이 되는 어휘들도 있지만 전혀 생소한 것들도 있다. 독자들의 편의를 위해서 백석시집의 경우처럼 낱말풀이를 친절하게 달아주는 것도 배려의 한 방법이 될 것이다. 지금은 거의 사라졌거나 노년기 세대들의 추억 속에서 어렴풋이 살아있는 이런 민족 언어들의 아름다움과 고유성에 대해서 우리는 새삼 그것의 문화적 가치를 다시금 재인식하며 오늘의 우리 자신을 가다듬는 계기로 삼아야 할 것이다.

엄학섭은 이 작품에서 이런 어휘들을 적극적으로 구사하면서 시인의 유소년기에 직접 체험했던 고향에서의 추억들을 마치 영화 스크린의 한 장면처럼 차례차례 떠올린다. 그것은 낡은 고무신으로 엿 사먹기, 맞선 보던 누나의 기억, 마을 앞 강변에 나가서 친구들과 물고기 잡던 추억, 단오 날의 마을잔치 풍경, 태풍 끝에 마구 떨어진 과일 줍기, 쇠똥구리가 뭉친 쇠똥을 굴리며 놀던 추억, 여름날의 신나는 물놀이, 호젓한 가을오후의 알밤 줍기, 하루 종일 놀아도 지치지 않던 굴렁쇠 놀이, 입술이 까매지도록 오디를 따먹던 추억, 여름밤 마당 멍석에 누워서 광막한 하늘의 별자리 찾던 기억, 농촌의 가을풍경, 성묘와 추수, 하늘을 가득 채우며 날아가던 철새들의 이동 광경, 집안의 힘센 어른들이 주도 하던 김장독 파묻기, 쥐잡기, 대보름날 달불 놀이, 설날을 비롯한 명절날의 아련한 추억들 등등 그 모든 유소년기의 추억들이 엄학섭 시세계의 중심부를 형성하고 있다.

이러한 시적 표현을 통하여 시인이 겨냥하는 세계는 과연 무엇일까?

그것은 끈끈한 운명과 인과관계로 결속되어 있는 우리 한국인의 삶이 어떻게 하면 행복과 안정의 세계를 신속히 회복할 수 있을 것인가에 대한 깊은 고뇌의 표현이다. 이러한 정신적 갈망을 시인은 아동화법에 의탁해서 실감나게 담아내고 있다.

엄학섭 시인의 시정신은 오로지 고향에 대한 아름다운 추억, 그리고 맑고 담백하며 천진한 인간성이 흘러넘쳐서 세상의 혼탁한 모습이 정화되기를 기원하는 일관된 방향성을 지니고 있다. 개천절, 제헌절, 광복절을 비롯한 중요국경일과 현충일 등의 공휴일이 지닌 배경과 의미를 시적으로 재해석한 다수의 작품을 기획하고 실천하는 데서도 그런 면모가 드러나고 있다. 시「꿈속의 선물」이 지시해 보여주듯 엄학섭은 모든 존재와 사물들이 풍성하고 따뜻한 사랑의 세례를 받아서 평화와 안정 속에 우리가 지녔던 본래의 아름다운 고전적 질서를 회복하게 되기를 진심으로 갈망하고 있는 것이다.

이 시집에서 우리의 눈길을 끄는 또 하나의 작품은 「시인의 눈물」이다.

이 시작품은 독립된 시작품이라기보다는 오히려 시인 자신의 시적 아포리즘을 설명하고 있는 것처럼 보인다. 엄학섭 자신이 시에 임하는 자세와 가치관을 여실히 보여주는 후기(後記)라 해도 적절할 듯하다. 이 글에서 시인은 시작품의 창작행위를 '생활 속에서 발생하는 화학반응'이라는 매우 흥미로운 발언을 하고 있다. 더불어 시는 심각한 정신장애를 지닌 사람들에게 매우 필요한 묘약(妙藥)이 될 수 있다는 암시를 던지고 있다. 엄학섭 시인이 줄기차게 시작품의 창작에 오랜 기간 집념을 보이며 실천에 옮기고 있는 까닭도 바로 이러한 의지와 관련되어 있을 것이다.

바라건대 엄학섭 시인은 한번 기획한 자신의 문학적 꿈과 포부를 줄기차게 밀고 나가서 백석 시인의 동화시 정신을 더욱 굳건히 일으켜 세우고 나아가서는 한국문학사의 문화사적 전통을 이어나가는 튼튼한 시인이 되기를 빌어마지 않는다.

토속적 풍물시와 박물학적 언어관
- 엄학섭의 시세계

박 남 희(시인, 문학평론가)

    천진성의 시학으로 일컬어지는 엄학섭 시인의 시를 읽으면서 제일 먼저 머리에 떠올리게 되는 시인은 백석이다. 백석은 1935년 조선일보에 「정주성(定州城)」을 발표하여 등단한 후, 그 이듬해에 첫 시집 『사슴』을 간행하여 큰 반향을 일으켰던 시인이다. 당시에 백석의 시가 주목을 받게 된 것은 그의 시가 당시 시단의 주류를 이루었던 전통 서정시와 모더니즘 시와 리얼리즘 시의 그 어느 쪽으로도 기울지 않고 이들의 시세계를 아우르는 독자적인 세계를 보여주었기 때문이다. 백석은 그의 시에 함경도 사투리와 토속어를 사용함으로써 모국어의 확장을 꾀했고, 종전의 정제된 운율이 바탕이 된 시의 고정된 틀을 허물고 시 속에 다양한 이야기를 담는 서사성을 도입하여 새로운 형태의 이야기 시를 창작함으로써 시 형식의 일대 혁신을 이루었다. 특히 백석의 시가 더욱 주목을 받게 된 것은 종전의 개인의 정서나 감정을 노래하는 시나 자연에 대한 성찰을 보여주던 시와는 달리, 우리네 삶의 구체적인 생활 현장을 시 속에 튼실하게 뿌리내리는 생활시 내지는 풍물시의 전형을 보여주었기 때문이다.

대부분이 유년 체험을 바탕으로 하고 있는 엄학섭의 시들은 1930년대 이후 백석이 이룩해 놓은 새로운 시세계를 유사하게 보여주고 있다는 점에서 백석시의 전통을 21세기 이후의 현대시로 확장시키고 있다. 백석시가 함경도 사투리를 바탕으로 당시의 토속적인 정서나 풍물들을 노래하고 있다면, 엄학섭의 시들은 전라도 사투리를 중심으로 한 토속어를 사용함으로써 온고지신의 시정신을 보여주고 있다는 점이 다르다. 그리고 엄학섭의 시가 백석의 시처럼 동화시나 풍물시를 보여주고 있지만 그의 시에 비해 비교적 단시가 주류를 이루고 있다는 점에서 차이가 있다. 엄학섭의 단시들은 그 하나하나가 독립된 형태의 시이지만 그의 다른 시들과 긴밀한 연계성을 가짐으로써 시인의 유년체험을 총체적으로 아우르는 일종의 단편 서사시라고 말할 수 있다. 이는 일찍이 고은 시인이 수많은 인물들을 담아낸 「만인보」 연작을 통해서 단편 서사시의 총체성을 보여주었던 것에 비견되는 것이기도 하다.

하늘 아래 새로운 것이 없다는 말처럼, 모든 현대시는 이전 시와의 연계성 또는 모방이라는 화두에서 자유로울 수 없다. 엄학섭의 시가 비록 백석이나 고은 시인의 전통을 잇고 있는 시사적인 맥락에서 이해될 수 있지만, 시의 편편을 살펴보면 엄학섭 시인만의 특성이 살아서 꿈틀거리고 있다. 그런 점에서 엄학섭 시인은 토속적 설화시의 계승자이면서 새로운 창조자인 셈이다.

이번에 첫 시집을 상재하는 엄학섭의 시 중에서 가장 주목되는 시는 총 63편의 연작시 형태를 이루고 있는 「옛날 그 옛날」이다. 이 시는 분량으로만 보더라도 작은 시집 한 권에 이르는 연작 단편 서사시로서 일종의 풍물시나 향토시에도 포섭될 수 있다. 이 시의 첫머리에 놓여있는 시들을 우선 읽어보기로 하자.

1
옛날 그 옛날
탱자산골에서 빠꿈 살던 그 옛날
천진 아그덜 고무줄 넘군데
지부가 찾아와 봄각시 서찰(書札) 받았다.

2
낭굿가지로
굴뚝새 외출이 자자지면서
매화(梅花)가 전개하니
산척족(山躑躅), 연교(連翹), 수선화(水仙花)가 화토연바람 일으켜
동백(冬柏)과 살구(杏花)가 춘등잔 켜고
복성꽃(桃花)과 산수유(山茱萸)가 감격불 지폈다.

3
시하내 얼었던 갱물이 지지개를 펼치자

물레방아 소리 듣고 깨오락지가 잠에서 깨어나
논과 밭에서 쟁기질 소리가 당차게 들리고
들에서 노물 캐는 풍경이 도드라졌다.

흡사 백석이 살던 시대에 씌어진 듯한 엄학섭의 시들은 구수하고 토속적인 남도사투리를 구어체로 사용하여, 시인이 살던 '탱자산골'에 봄이 오는 풍경을 생생하게 그려내고 있다. 이러한 시의 분위기는 우리가 흔히 접하게 되는 현대시의 문법에서 벗어나 독특한 화법과 분위기를 창출해내고 있다는 점에서 조금은 낯설면서도 새롭다. 단시 한 편이 보통 3~4행 정도 되는 짧은 시로 이루어져 있으면서도 언어에 밀도가 느껴질 정도로 짜임새가 있다. 이러한 느낌은 이 시들이 남도의 토속적 방언이 바탕이 되고 있는 것과 무관하지 않다. 나아가서 엄학섭의 시들이 단순히 사투리를 나열하고 있지 않고 적당한 비유와 감각적인 표현법을 사용해서 시적 긴장감을 높이고 있다는 점이 고무적이다. 예를 들면 연시 1에서 시인은 "지부(제비)가 찾아와 봄각시 서찰(편지) 받았다"고 진술함으로써 '지부'를 '서찰'로 은유해내는 솜씨를 보여주고 있다. 그런가 하면 연시 2에서 "동백(冬柏)과 살구(杏花)가 춘등잔"을 켠다고 하여 꽃을 불로 은유하고 있고, "복성꽃(桃花)과 산수유(山茱萸)가 감격불 지폈다"고 표현함으로써 자연에서 피어나는 꽃을 단지 외형을 그려내는데 머물지 않고 내면화하고 있다. 이처럼 엄학섭 시인은 '춘등잔'이나 '감격불'과 같은 개성적인 시어들을 새롭게 발굴해냄으로써 이전 시의 전통을 단순히 답습하는데 그치지 않고 새로운 창조의 세계로 나아가고 있는 것이다. 위의 시에서 사용되고 있는 '빠꿈(소꿉)', '시하내(겨우내)' 와같은 시어들은 국어사전이나 방언사전에서도 찾기 어려운 말을 시인이 발굴해서 쓰고 있는 것이다. 이러한 시인의 언어 의식은 일찍이 정지용이나 백석이 보여주었던 민속어에 대한 사랑을 후대에까지 이어주고 있다는 점에서 커다란 가치를 지닌다.

16
대추낭구 시집보낸 날
남녀노소 날개옷 단장하고 단오잔치를 열었다.
장정들은 당산낭구 아래 씨름판과 척사판을 열고
아낙들은 창포물로 머리 감고 그네와 널을 뛰며
온 부락민이 성황당(城隍堂) 앞에서 마당놀이를 즐겼다.

(중략)

21
고라실에서 물패기 잡았다.
물 속으로 손을 넣어 물풀과 돌틈을 살살 더듬거렸다.
쌀붕어 한 마리와 꼭사리 두 마리를 잡아서 신발 속에 집어넣고
물끄러미 바라보았다.

(중략)

26
삼복더위가 불뿜는 오후
상수리낭구 모여사는 곤충들을 만났다.
낭구 위로는 사슴벌레가 앉아 자리 지키고
낭구 아래는 핑갱이가 모여서 살림 꾸리고
낭구 뒤로는 하늘소가 숨어서 망을 보았다.

연시 16은 대추나무 시집보내고, 장정들은 씨름판과 척사판(윷놀이)을 열고, 아낙들은 창포물로 머리 감고 그네와 널을 뛰며 잔치를 벌이는 단오제 풍습을 보여줌으로써 풍물시의 진경에까지 이르고 있으며, 연시 21은 시인이 어린 시절 고향 냇가에서 물고기를 잡던 풍경을 매우 사실적으로 그려서 보여주고 있다.

그런가하면 연시 26에서 시인은 어린 시절 상수리나무에서 흔히 볼 수 있었던 사슴벌레, 핑갱이(풍뎅이), 하늘소와 같은 곤충들을 소개하고 있다. 이처럼 시인은 일상의 민속풍경에서 자연풍경에 이르기까지, 생생한 유년체험을 현장감 있게 살려냄으로써 풍물시의 전형에 다가서고 있다. 이러한 풍물시의 풍모는 엄학섭 시인의 다른 시들에서도 흔히 찾아볼 수 있다는 점에서 큰 비중을 차지한다. 그 대표적인 예가 「추석 이브」이다. "대문 밖 인기척이 들리자/서울 누나 왕림이요/엄마가 부엌에서 펄쩍 뛰며/ 오메 아그덜 왔다"로 시작되는 이 시는 추석을 맞아 서울에서 식구들 선물을 사들고 올라온 누나를 반갑게 맞이하는 엄마와, 방마다 모여 송편 만들고 고스돕을 치고 있는 가족들의 풍경을 구체적으 로 보여준다.

엄학섭의 시에서 다음으로 주목되는 시는 동화시의 성격을 지닌 시편들이다. 「천둥이 된 흰구름」, 「옛날 어느 봄날」, 「수채화 속 단풍잎 소녀」, 「가을 소풍」, 「천리포 수목원」, 「밝은 태양」 「꿈속나라 결혼식」 등은 한결같이 동화시의 형태를 지니고 있다. 동화시는 동화의 서사형식을 바탕으로 하고 있는 시를 말하는데, 백석이 해방 후에 동화시를 쓴 것이 해방 전후의 좌우 이데올로기의 억압으로부터 벗어나기 위한 것이었다면, 엄학섭의 동화시들에는 복잡한 문명사회의 부정적인 현실로부터 벗어나 아이들의 동화적 세계와 교감해보려는 시인의 마음이 드러나 있다. 이 중에서 「꿈속나라 결혼식」은 동화시이면서 동시에 시인 자신의 시쓰기를 표상한 메타시의 성격을 지니고 있는 작품이라는 점에서 주목된다.

꿈속나라 하늘에서 양판눈이 몰려와
이웃나라 왕자가 눈사람을 만드니
설화공주 깨어나 신나게 놀았어요
왕자는 요정의 시술(詩述)에 걸려 돌멩이가 되었어요
공주가 꿈을 꾸니
요정이 놓고 간 초록색 단추에 퇴고라 씌였어요
공주가 퇴고를 읽으니
돌멩이가 움직이며 왕자로 변했어요
공주는 왕자에게 장미꽃을 선물했어요

함 사세요 함 사
오늘은 왕자와 공주가 꿈에서 결혼해요
주례는 창작마을 퇴고아저씨
하객들은 아무도 찾아오지 않았어요

―「꿈속나라 결혼식」전문

　위의 시에 의하면 시인의 시쓰기는 '꿈속나라 결혼식'이다. 이 시는 '양판눈', '시술(詩述)', '퇴고', '창작마을' 등의 시어에서 보듯이 동화시 전체가 일련의 창작의 과정을 비유적으로 진술하는 형태를 띠고 있다. 특히 이 시에서 왕자가 요정의 시술에 걸려 돌멩이가 되는 것이나, 공주가 퇴고를 읽으니 돌멩이가 움직이며 왕자로 변하는 것은, 시인의 지난한 시쓰기의 과정을 은유적으로 보여주는 표현이라는 점에서 흥미를 더한다. 이 시에서 결국 왕자와 공주가 결혼을 하게 되는 것은 이야기가 문자를 만나 하나의 작품이 되는 과정의 비유인데, 이러한 시쓰기는 결국 하객들이 아무도 찾아오지 않는 쓸쓸한 결혼식(시쓰기)이라는 점에서 시인의 필연적인 고독을 읽을 수 있다. 엄학섭 시인의 시 중에는 「꿈속나라 결혼식」뿐만 아니라 「어느 시인의 독백」, 「시인의 눈물」 같은 메타시가 눈에 띈다. 특히 「시인의 눈물」은 일찍이 일제 말기를 불우하게 살다간 윤동주가 「쉽게 씌어진 시」에서 자신의 시쓰기를 반성적으로 돌아보는 독백시를 쓴 것처럼, 일종의 반성적 독백시이다. 어쩌면 산문과도 같은 이 시에서 시인은 솔직하게 자신의 시관을 피력한다. "아즉까지도 시를 왜 쓰는지조차 정답을 모른다 / 다만 시가 우리의 생활 속으로 다가와 / 일종의 화학반응을 일으키고 있다고 생각한다 / 우리는 너무 바쁜 일상을 살아가고 있다는 핑계로/ 시 자체가 작가의 본질에서 벗어나/ 사람들에게 보여주기 위한 형태로 전락한 걸 우려한다 / 우리가 시를 쓰는 이유는 일상의 여유를 찾기 위함인데 / 당장 나부터도 어줍은 창작활동이 직업을 위협하며 / 심각한 정신장애를 초래하고 있다 / 나는 과연 이대로 좋은가 / 일도 잘하고 창작도 잘하고 싶지만 / 한 가지도 제대로 잡지 못한 / 현실을 탓하는 내 자신이 부끄러울 뿐이다" 라고. 아마도 이러한 고백은 엄학섭 시인뿐 아니라, 돈도 되지 않는 시에 목매달고 있는 이 땅의 모든 시인들의 마음을 대변하고 있는 것일지도 모른다.

엄학섭의 시 중에는 풍물시나 동화시나 메타시 이외에 다수의 사랑시가 보이고 동시 형태를 지닌 시들도 여럿이 보인다. 특히 「몽국설화」, 「배의 자궁에는 청토끼나무새가 산다」와 같은 산문시 형태의 설화시는 우수한 작품성도 겸비하고 있다는 점에서 주목해 볼만한 시들이다. 이러한 시들은 동화시가 보여주지 못한 서사적 부피를 더하고 있다는 점에서 앞으로 엄학섭의 시가 지향해야 할 중요한 시의 지평이라고 판단된다.

이상에서 살펴본 바와같이 엄학섭의 시는 잃어버린 토속적 언어를 찾아서 발굴해내려는 박물학적 언어관을 가지고 있다. 그의 시는 구어체에 녹아든 남도방언과 시인이 발굴해낸 창의적인 토속어들의 상호융합작용을 통해서 시적 긴장감이 형성되는 독특한 구조를 지니고 있다. 이러한 시세계는 분명 서정시가 주류를 이루고 있는 현 시단에서 희귀한 것이다. 특히 혼탁한 문명세계의 현실로부터 벗어나 시인으로서의 염결성을 유지하려는 노력의 부산물인 동화적 상상력의 시들은, 아직도 패거리 문단의 행태를 벗어나지 못하고 있는 현 시단에 신선한 청량제가 되리라 생각된다.